© 2024 Andreas Schwarz
Herstellung und Verlag:
BoD – Books on Demand, Norderstedt
ISBN: 9783758305634

Irrlicht

Zwische Ramschde un Landstuhl leit
es Bruch, die Moorniederung noch heit.

In zeh Minudde fahrsche uff de Stroß
bequäm
mem Audo hie un widder hääm.

Frieher gab´s die Stroß noch net;
noch net emol e feschd Bankett.

Dort war frieher Moor gewä,
de Weg se fahre war net schä.

Uff dem wääche Unnergrund,
war so manchie Kutsch versunk.

Rette konnt die Kenner mie
un Nimmand hott se mäh gesieh.

Mit dicke Bohle hott mer dann
gebaut e brääder Knibbeldamm.

Do dedruff, do war mer sicher
mit de allerschwerschde Viehcher!

Heit macht die Airbase dort die Nacht zum
Daach,
ohne Rolllade bische die ganz Nacht
wach.

Kemm vun uns is heit mäh klar,
wie stockdungel das frieher war!

Hott wennischdens de Mond geschien
konnt mer immerhie was siehn.

Hott der hinner Wolke sich verkroch,
war´s dunkel wie de Katz ehr Loch!

Die änzisch Hilfe dann im Dunkel,
das war e flaggerischie Funzel.

Nur wenn´s unbedingt hott misse sin,
ging mer in de Nacht das Wagnis in:

Uffem Kutschbock oder hoch zu Perd
vun Ramschde no Landstuhl oder
umgekehrt!

Versuch mol die Geräuschkulisse
deer mol vorstelle se misse!

Das Hufgeklabber geht jo noch,
jetzt stell der vor, mer wär geloff!

Das is e ganz schää weitie Streck
un Mancher hott schun kriet die Freck!

E Zeit lang bische unnerwegs,
so langsam werrsche dann nervees!

De Fuchs, der duut vun vorre belle,
die Rehe, die duun fleißich schelle!

Un die Naachteil, die ruft laut "Schuhu!
Ich robb dich an de Hoor, mei Bu!"

De Kauz hoggt in de Heck un fiept,
die Spitzmaus in de Bohle piept.

Im Batsch, do heersche ebbes wuhle:
Dort duut sich die Wildsau suhle!

Es jault de Wolf un beese Buwe
heerschd du hinner deer was rufe!

Ringserum, do heersches knacke,
speerschd eiskalder Hauch im Nacke!

Un weil du werklich gar nix siehschd,
hoggt deer de Deiwel im Genick!

Vor lauder Angschd, do fallt der in:
"Das kennt jo de Erlkeenisch sin!"

Immer greeßer werd dei Not:
Dem sei Kind war nämlich doot!

Dei Herz fangt langsam o zu rase,
während um dich rum die Gase

wo sich außem Moor no owwe winde
hie un widder selbschd entzünde.

De halwe Wäg, der hasche ball
um dich rum flackert's iwwerall!

Ringserum die Newwelschwade,
jaan dich un kennes kaum erwarde

dasse dich se fasse krien
un in die Unnerwelt dich ziehn!

Im Fackelschein un Newweltreiwe
duun Händ vun unne no deer greife!

Die gewwe sich die greeschde Mieh
fer dich ins Moor enin se zieh!

E Schatte greift deer ins Genick,
vor lauder Schreck springschd du serick

un fallschd erunner vun de Bohle:
Jetzt kenne dich die Geischder hole!

Sie zerre an deer unentwegt
während du langsam unnergehschd!

Die Kält fahrt in dei ganze Glieder,
de Sumpf is wääch, es zieht dich nieder!

Du denkschd noch: "Du ich mich schnerre,
heer ich do net Jemand plärre?"

Versuchscht dei allerletschder Schrei,
doch Zung und Gaume sin wie Blei!

Dei Zeit, die is jetzt abgeloff
jetzt bische glei im Moor ersoff!

9

De Kopp im Batsch, e ledschder Graus
es guggt nur doch die Hand enaus!

Dei Seel schun in de Himmel reist,
do merg´sche, wie dich Ebbes greift!

No unne ziehn dich hunnert Geischder,
uff ämol fühlsche dich gleich leichder!

Rufschd no de Seel: ”Komm nochemol!
De Deiwel hat mich net gehol!

Mit meiner Hand du ich was spiere,
losses uns nochmol prowiere!”

Die Seel ruft: ” Alla hopp, jetzt drigg!
Ansunschde komm ich net serigg!”

Dei ganzie Kraft geht in dei Faust
schun is de Kopp de Batsch enaus!

Du kannscht zwar immer noch nix siehn
awwer atme immerhin.

Er duut dich ganz no owwe hole,
erleichtert leischd du uff de Bohle.

"Danke! Ich kenne dich zwar net,
awwer du haschd mich gerett!"

Du driggschd sei Hand, die is net wääch,
an seine Finger is kä Flääsch!

Du guggschd ne o un werrschd dann err:
der ganze Kerl is rappelderr!

Guggschd ins Gesicht, nur hatter käns,
awwer in de Hand de Sens!

Er grinst un klabbert mit de Zäh:
"Ich war zufällich in de Näh!

Normal mach ich jo sowas net,
awwer du haschd dich so gefräät!

Un dass mich jemand sieht un fräät,
das han ich so noch net erläbt!

Dei Zeit, die war jetzt noch net um,
sei sicher, dass ich widder kumm!

Entfern dich net vum Damm so weit
ich muss jetzt erschd zu anner Leit."

Er geht querfeldin, duut nochmol winke,
ohne ämol insesinke!

Ob ich die Streck naachts nochmol geh,
muss ich meer zwämol iwwerlee!

Fahrschd du nochmol naachts die Stroß
durchs Bruch un es is net viel los,

dann hall Ausschau dann un wann:
vielleicht siehschd du de Sensemann!

Er wart uff dich in aller Ruh
un er winkt der freundlich zu!

Perdsmarkt

Zieht sich im Herbschd de Himmel zu,
han die Baure langsam Ruh.

Die Frucht is in die Miehl chauffiert,
de Mais is in de Kaut siliert.

Die Grumbeere, die sin im Keller,
Heu un Stroh sin in de Scheier.

Es Schlachtvieh werd so langsam fett,
noch isses warm, do schlacht mer net!

Erschd wenn´s Froschd gebbt iwwer Daa,
geht´s de Wutze an de Kraa!

Bis dorthie isses jo noch weit,
jetzt nemmt sich jeder korz die Zeit

e Lischd se schreiwe mit de Sache
un e Kassesturz se mache!

Bleibt noch Ebbes iwwerisch,
werd so mancher zerrerisch!

Noo dem arwetsreiche Johr,
losst mer schere sich die Hoor,

macht sich schää, so gut mer kann,
Kind un Keschel, Fraa un Mann!

Die Vorfrääd werd jetzt immer greeßer:
basse noch es Wams un Blazer?

Kenner soll jo sieh mei Plunze,
heit is nämlich Zeit zum Strunze!

Am zwedde Mittwoch im November,
is e digges Kreizje im Kalenner!

Do werre wuschich alle Leit,
an dem Daa is Perdsmarkt-Zeit!

Vun iwwerall, vun nah un weit,
ströme se no Quernbach heit!

Das is e großer Feierdaa,
fer Baure un die Hännler a!

Kläne Baure un a große,
alle kaafe se sich Lose,

fer bei de große Lotterie,
als erschder Preis e Perd se krie!

Sin die Kinner alt genung,
werre die schun mitgenumm

sich vun de beschde Seit se zeie:
de Markt is a e Ort zum freie!

Was es gebbt an Junggemies,
wannelt heit uf Freiersfieß!

Wammer kommt dann ins Geschäft,
vergreeßert sich vielleicht's Gehöft!

Korz, bei dene Freiereie,
geht's a um die Lännereie!

Weil, die Liebe, die vergeht,
nur de Hektar, der besteht!

Jeder zeicht sei neie Kutsche,
es Rosi duut mem Heiner knutsche.

Mer gebbt sich die greeschde Mieh,
fer Uffmerksamkät se krieh!

Vor Neid, do solle all sin platt,
mer will jo zeie, was mer hat!

Es Geschäft is nur was wert,
wammers middem Handschlaach ehrt.

Un gebbt´s dehääm Balaawer ball,
was do vesproch is, werd gehall!

Viel Junge sieht mer, wo beim Danze,
noch e ledschd Mol gehn uff´s Ganze!

Wer beim Lose nix gewinnt,
un kä bassend Mäde find,

fer denne gebbt´s die Sauferei
un hinnerher die Keilerei!

Do braucht sich Kenner se scheniere,
mer muss sich jo abreagiere!

Wenn Mancher widder kommt zu sich,
dann bassiert das unnerm Disch!

De Schädel brummt, die Mapp verschlaa,
verrobbt de Mandel un de Kraa.

Die Zäh sin weg, es Geld is all,
mer hodd mol schää die Mess gehall!

Un alles, Fraa un Mann un Bu un Mäd,
sich jetzt schun uff es negschd Johr fräät.

Glawe

Kapitel äns

De Glawe gebbt seit Anbeginn
vun de Geschicht de Mensche Sinn.

Was mer glaabt un was halt net,
das Thema, das is ganz schää bräd!

Das beschäftischt uns schun immer,
mol werd´s besser, mol werd´s schlimmer.

Frieher, wie mer noch halwe Affe ware,
ware meer uns schun im Klare:

Jede Daa duut was bassiere,
was mer sich net kann erkläre!

Bassiert was, denkt mer hinneno:
Do steckt doch Jemand hinnedro!

Wenn ich meer das iwwerlee du,
geht´s net mit rechte Dinge zu!

Die Palz war jo schun immer schä,
frieher is die e Stepp gewä!

De Leser werd jetzt Zeuge dovun,
wie die Relischion is wor erfun:

In de Steppe is e Quell,
un dort is e Wasserstell.

Dort werd, wenn meer gehn uf Jacht,
fer se Trinke halt gemacht.

Die Sunn, die steht schun im Zenit,
kä Wunner, dass mer Dorscht do kriet!

Mer stellt fescht, kaum is mer dort:
O leck, es Wasser is jo fort!

Es Alphamännche duut jo fehre:
"Kannsche uns das mol erkläre?"

Die Zung, die babbt, die Not is groß,
der is ball sei Poschde los!

Er muss jetzt fer sich entdecke:
"Ich bin schuld, wenn meer verrecke!"

Se allererschd werd feschtgestellt:
"Wer hat es Wasser abgestellt?

Hammer irgendwas gemach,
dass weg is jetzt die Wasserlach?

Es muss irgend Ebbes gewwe,
wo bestimme duut es Läwe!

Wenn ich weiter will es Rudel fiehre,
muss ich e Leesung präsentiere!"

Er denkt no, die Antwort hat er flott:
"E höheres Wese, ich saa dozu mol Gott!"

Un mit diesem Geistesblitz,
war die Sach mol gleich geritzt!

Jetzt konnt mer alles sich erkläre,
was em kommt so in die Quere!

Änner wo im Himmel sitzt,
macht, dass es dimmele duut un blitzt!

"Der do drowwe is grad stinkich,
fer ne se besänftische, do trink ich

e Schlickche Blut, das will der hann,
un zwar vun unserm äldschde Mann!

Erschd, wenn mei Faustkeil is besudelt
mit Blut, die Quelle widder sprudelt!

Alder, du muschd sinn jetzt tapfer:
Du bischd unser erschdes Opfer!"

De Alt is halwer schun verdorscht,
dem is eh jetzt alles worschd!

Er will nimmie am Läwe bleiwe,
also duun se ne entleiwe!

Mit seim Blut duun se de Stecke
vum große Anführer beflecke!

Der buddelt, wo die Quell mol war
e diefes Loch un siehe da:

Weil sie es Opfer dargebracht,
uff ämol widder Wasser laaft!

De erschde Ofang war das schon:
jetzt war erfunn die Relischion!

Wie vun de Jachd die hääm komm sin,
sin se in die Höhl enin.

De Fraue hann se dann erklärt,
was in de Steppe is bassiert.

Sei Fraa saat: "Du bischd wohl
bescheuert!
Jemand, wo vun owwe steuert!

Wenn der do drowwe macht de Dunner,
dann fallt er doch vun owwe runner!

Der vefallt sich doch de Knause:
Nä, der muss uffem Bodde hause!

Oder er wohnt in de Bääm,
ich glaab, do owwe isses schään!"

Die neggscht saat, un das is viel krasser:
"Ich glawe, dass der wohnt im Wasser!

Vun uns traut sich do kenner hie,
deshalb kann denne kenner sieh!"

So is das immer weiter gang,
sie hodde dischbediert noch lang.

Wenn jeder duut was Anneres denke,
kannscht du so e Stamm net lenke!

De Chef saat:" Heern jetzt uff se lalle,
meer misse doch sesamme halle!"

Sie hann balawert net so wenisch,
un sich hinnerher geänischt:

Es gebbt net nur der äne Gott!
Der hätt allää e großie Not

do uff alles uffsebasse:
Nä, die Gödder gebbt's in Masse!

Jeder äne kimmert sich
um sei eigenie Geschicht!

Äner fer die Fraue, die wo sammele,
äner, dass die Vorrät net vergammele!

Äner fer es Jagdgeschick,
dass all komme ganz serick!

Äner wo es Wedder macht,
zwä Annere fer Daa un Nacht!

De Ä is fer die alde Leit,
de Anner fer die Fruchtbarkeit!

Je no de Uffgab, wo denne geheert,
ännert sich de Stellewert!

Es gebt kä allerheegschder Gott,
mer bät zu denne je no Not.

Hott dich e Unglick ingeholt,
war das äfach gottgewollt.

Gottes Wille, jetzt war´s klar,
was net se erkläre war!

Jeder war sich jetzt im klare:
Gott sei Dank, meer han e Glawe!

Kapitel zwä

Jedes Volk uff däre Welt,
hott e annrie Gödderwelt!

Je no de Nadur vum Stamm,
basst sich a de Glawe an!

War e Volk seit jeher friedlich,
warn die Gödder eher niedlich.

Völker wo gäre Kriesche fehre,
brauchen Gödder, die zerstöre!

Besiege große Völker kläne,
duun die de Glawe iwwernemme.

Oder, wenn´s mol laaft ganz schlecht,
werd e Volk ganz ausgelöscht!

Die Sieger mache alles platt,
die Gödder hann´s ne so gesaat!

Starke Gödder sin Gewinner,
so war das gewä schun immer!

Schä war´s fer de Keenisch un sei
Mamme,
selbschd vun de Gödder absestamme!

Göttlichie Legitimation
sichert immer deer de Thron!

De Cäsar is e Julier gewä,
dem sei Stammbaum läst sich schä!

Der ging bis no Troja serick,
un war voll göttlichem Geschick!

Die stärkschde Gödder warn sei Ahne,
die Kritiker duut das ermahne:

Werr bloß mol net im Cäsar läschdich,
dem sei Bagaasch is viel zu mächtisch!

Trotzdäm hat der sich misse queele,
mit dem, was die Augure ihm verzehle.

Sie han gewuhlt im Eingeweide,
geguggt, wie Schwalwe fliehn beizeite!

Un hinneno, do hat´s gehääß:
"De Gödderwille ich jetzt wääß!"

Mer is komm zu der Erkenntnis:
Das is göttliches Selbstveständnis!

Un do dran hasche dich se halle,
wann net, dann losse die´s mol knalle!

Un heersche net uf de göttliche Wille,
bassiert´s, dass se im Senat dich kille!

Die Senatore, die sin Strolche,
un duun ne hinnerrücks erdolche!

Wie se dann die Garde hann geholt:
"Vun de Gödder war´s gewollt!

Es ledschde Opfer war nix wert,
do hann die sich dann droo gesteert!

Meer hanns em vorher noch gesaat:
Du haschd am falsche End gespart!

Meer han ne vorher noch belehrt,
er hat halt net uff uns geheert!

Er hott net ernschd genumm de Glawe,
jetzt misse ner ne halt begrawe!"

Die Römer duun ihr Gödder ehre,
un han die allerbeschde Heere!

Die sin de annere all iwwerlä,
un duun erobere immer mäh!

Vun de Völker, die ne nei geheere,
duun se die Gödder adopteere!

Das han die ganz schä schlau gemacht,
das war nämlich mit Bedacht:

"Meer bleiwe jetzt bei eich, Genosse,
weil ehr uns unser Glawe losse!

Ehr duun do jetzt es Zepter fiehre,
meer duun uns friedlich integriere!"

So wern in Rom die Gödder immer mäh,
de Pantheon werd ball so klä!

Willsche e Reich erfolgreich fehre,
musche alle Gödder ehre!

Weil das hott funktioniert so gut,
hott mer net getraut im Judd.

Die saan: "Unser Glawe is viel schäner,
als Gottheit brauche meer nur äner!

Unser Jehowa, der is schää,
der reschelt alles vun allää!

Do komme meer net durchenanner,
un halle allega sesamme!

Eier Gödder sin Idiote,
un meer, meer han die zehn Gebote!

Un do halle mer uns dro,
eiere erkenne mer net o!"

So han se gesaat, wie mer berichtet,
do han die Römer se vernichtet!

Sie han ehr Glawe net bereut,
nur warn se iwwerall verstreut!

Zwäädausend Johr lang sich gequeelt,
bis se gegründ han Israel.

Un iwwer all die viele Johr,
is de Glawe iwwerliwwert wor.

Der hot iwwerdauert die ganze Zeit,
drum gebbt´s die Judde a noch heit!

Kapitel drei

Bevor die Judde han verstreut sich,
han se de Jesus noch gekreuzicht!

Fer die war der e Nestbeschmutzer
un e beeser Revoluzzer!

Wääl der neie Theorie uffgestellt,
han se ne am Kreuz gequeelt!

Der saat: "Bei uns sin alle gleich,
un all komme ins Himmelreich!

Ehr Pharisäer, ehr sin gleicher,
un vor allem sin ehr reicher!

Dääde ehr uff Hab un Gut verzichte,
wäre ehr die allerbeschde Chrischde!"

Duuschd du de Reiche so was saan,
duun die schnell ans Kreiz dich schlaan!

Weil er die Reiche hott gekränkt,
hodde se ne uffgehängt.

Sei Jünger han de Leit verzehlt,
wie se de Jesus han gequeelt.

"Der hott die Sünd uff sich genumm
un dovor is er umgekumm!"

Die Leit, die denke sich dann gleich:
"Ich will a ins Himmelreich!

Ohne Sünd ich dohie kumm,
die hott meer de Heiland abgenumm!"

Die Botschaft von dieser Vergebung,
die hat gesorcht fer e Belebung!

Do han die Heide sich in Masse,
zum Chrischdetum bekehre losse!

Im Nero sin se worr zu mächtich,
deswä warn se dem langsam läschdich!

Der hat die Chrischde dann verfolcht
verbrennt, gekreuzicht un erdolcht!

Es liebscht hätt der die allegaa,
allesamt gabuttgeschlaa!

Doch die Römer han gesiehn,
dass die Chrischde gläubisch sin!

Die ware in de greeschde Not
standhaft blibb bis in de Doot!

Un die Römer denke no:
"Vielleicht is do doch ebbes dro!"

Wie de Konstantin iwwer die Milvisch
Brigg gewetzt,
hott sich der Glawe durchgesetzt!

Er hot sei Leit vorher motiviert,
dass e Chrischd kä Schlacht verliert.

Un wie der dann die Schlacht gewunn,
han all de Glawe iwwernumm!

De Jesus hockt im Himmel mit de Jünger
un saat:" Ehr zwölf sin echt de Bringer!

Ehr han ausgeschmickt mei ganze Posse,
uff eich, do kann mer sich verlosse!

Mit eich han ich mich net geschnerrt:
die halb Menschhäät mich verehrt!

Do unne hott ich mer gehol de Dalles,
was soll´s, die glawe äfach alles!"

De Jugend geheert die Welt!

Kapitel äns

Ganz egal, wie viel mer schellt,
De Juchend, der geheert die Welt.

So war das schun vor langer Zeit,
un so is das a noch heit.

Duut Nimmand mit de Juchend spreche,
duut sich das hie un widder räche.

Nemmt mer die Juchend net fer voll,
dann treiwe die's besonnerschd doll.

Meer gugge uns mol o, ihr Leit,
wie's war in de Vergangenheit:

Im Middelalder sieht's so aus:
mit dreizeh musche's Haus enaus.

Fangschd du die Lehr beim Määschder o,
war's Brauch: Du bischd dort ingezo.

Hasche net uff ne geheert,
dann hat er deer Änie geschmeert.

Un kännem war's do ingefall,
deswä dich häämsehole ball.

Was der saat, das werd gemach,
so war das seitem erschde Daach.

Häschd du do alles hiegeschmiss,
häschd du's bei Allegaa verschiss!

De Mäschder schmeißt dich ausem Haus,
dehäm, do sieht's net annerschd aus.

Dehäm, do kommsche nimmie rin,
schlaa die Bagaasch deer aus em Sinn.

Du hoschd dann nur die Wahl gehatt:
Nur wenn ich bleiwe, werr ich satt.

Wenn ich jetzt hieschmeiße un geh,
nemmt weit un breit mich kenner mäh.

Also hott mer´s durchgezoo,
un no de Lehr, do war mer froh.

War net nur als Gesell gescheit,
sondern a zum Mann gereift.

Ehrbar un im Beruf net schlecht,
un stolz uff sich mit Fuch un Recht.

In de Gesellschaft ogesieh,
wie schwer´s war, intressiert nimmie.

Die Juchend dort, die hott geheert,
un hinnerher sich net beschwert.

Jahrhunnerde war das so gut,
bis sich ebbes ännre duut.

Kapitel zwä

Es ännert sich komplett die Führung,
mit de Industrialisierung.

Mer hat kä Mäschder mäh gebraucht,
nur Fließbandarwed, wo dich schlaucht.

Rund um die Uhr nur schaffe bloß,
un trotzdäm war es Elend groß.

Das wollt die Juchend net kabiere,
das wollte die net akzebtiere.

De Kommunismus hot de Wääsch
gezeicht:
Gleiches Gut fer gleiche Leit!

Also: "Weg mit alle reiche Leit:
Am beschde werrn das Leiche heit."

Es Ziel dieser Generation:
Traumberuf Revolution.

Marx un Engels han gesaat:
Alle wäre gleich im Staat.

Gees Kapital hott mer gehetzt,
un die Messer schun gewetzt.

In Russland, wo se gar nix hodde,
is das gefall uff guder Bodde.

Die Juchend hodde se benutzt
se beseidiche de Schmutz.

Die han die Drecksarwed gemach
un dann ging das Schlaach uff Schlaach.

Besitz hodde se requiriert,
wer sich gewehrt hott, liquidiert.

Alles war nei uffgedäält,
vunn Obrischkäät war mer gehäält.

Der Gedanke, der war klasse:
E Gesellschaft ohne Klasse!

Doch die Juchend is zu jung:
Die will zwar Verännerung,

doch bis die das dann umreiße.
duut mer se so lang bescheiße.

Sie han gedenkt, das wär de Siech,
doch dann war erschd mol Bürgerkriech.

Un zwar die Weiße gee die Rote:
Mit am End millione Doode.

Sie siehn die menschliche Nadur:
Am End steht dann die Diktatur.

De Deiwel mem Beelzbu ausgetrieb,
vum Traumziel war net viel geblieb.

De Stalin war Chef, de Zar, der war weg;
Un die Freihäät, die leit im Dreck.

Un der Chef war aa net faul:
Der stopft nochmol Millione es Maul.

Mem e Schuss in ihr Genick;
Er wollt halt mol nimmie serick.

De Stalin un de Mao hann´s vollbracht:
sie hann gehall sich an de Macht.

Es Volk hat drunner leide misse;
Die Wahl war, dass se dich erschieße.

Hann misse erfille die Quote,
egal was das koschd an Doode.

In Russland zwanzich, in China sechzich
Millione:
Die Revolutione, die duun sich lohne.

De Kommunismus hätt´s zu nix gebrung,
breicht die Juchend net Verännerung.

Kapitel drei

Im deitsche Reich war mer nur wer,
wenn mer war beim Militär.

Net besser wie die Kommunischde
das ware die Militarischde.

Hörisch war mer de Obrischkät
un hott sich uff de Kriesch gefrät.

Hott die eichen Juchend ohne Geiz
uff de Schlachtfelder verheizt.

Fer Kaiser un es Vaterland,
voll un ganz ohne Verstand.

In de Schul nur Vaterland geheert,
sinn se in de Doot marschiert.

Wie die Russe ware se vum Kriesch dann
mied;
war do e großer Unnerschied?

De Kriesch hodde se dann verlor,
ehr Kinner sinn dann greeßer wor.

Das war die neggschd Generation;
de Wääsch war gleich, mer ahnt es schon:

Als Kinner hann die nur geheert,
dass mer sich gee alles wehrt.

"Wehrn eich gee die Kommunischde.
Die misse ner jetzt all vernischde."

Also hann se in de Fremde
misse gee die Russe kämpfe.

Die Generation hott nix fer sich,
außer se misse in de Kriech.

Wie denne ehr Kinner groß wor sin,
sin se in de kalde Kriech enin.

Un fer denne kalde Kriech
hann se fleißisch uffgerischd.

Mit immer greeßere Bombe geprahlt
mit Atomtests die ganz Welt vestrahlt.

43

Hann misse ihr Juchend verwenne
dass die Mächdische sicher sinn kenne.

Drei Generatione Juchend mit nix als wie
Kriech!
Erschd seitem Gorbi besinne se sich.

De eiserne Vorhang, der war dann gefall;
Friede uff Erden, das wünsche sich all.

Im Feind iwwerlosst mer net es Feld:
De Juchend, der geheert die Welt!

Kapitel vier

Die Frääd alliwwerall, die is groß,
was mache mer jetzt mit de Waffe bloß?

Es wär doch schad, die bringe doch Geld,
meer vekaafe se iwwerall uff de Welt.

Jeder soll vun unserm Fortschritt was han,
die brauche sich net vun Hand doot se
schlaan.

Diktatore, Kartelle, iwwerall uff de Welt,
jeder kriet Waffe, sie brauche nur Geld!

Un mit denne ganze Waffe im Ricke
losst sich´s Volk bequäm unnerdricke.

Heit iwwerleet mer un wäß net woher
komme bloß die Flichtlingsström her?

Dort im Laacher, in dritter Generation
ohne Liebe
wachst die Jugend heran ganz ohne
Perspektive.

E namenloser Flüchtling steht uff kenner
Lischd
es änzischd, was er werre kann, das is
Terrorischd.

Im kalde Kriesch war´s schää schwarz-
weiß,
heit, do werd´s em kalt un heiß.

Die Atomwaffe sin heit noch do un Käner
froot:
wenn das in die falsche Händ geroot?

Meer hann e gesundie Hirnverengung;
die helft einwandfrei bei Verdrängung.

Ich saa mei Sätzje, die Verdrängung helft:
De Jugend vun heit, der geheert die Welt.

Kapitel fünf

Die Juchend vunn heit, die muss nimmie
diene,
muss ohne Kriech ihr Läwensweg finne.

Vunn der Freihäät hann se frieher geträmt,
doch nix se misse macht uff Dauer
bequäm!

Wenisch Geleschenhät uff Bildung macht
dumm,
das hott mer frieher ogenumm.

Heit hann se Meeschlichkääde zu viel,
die Bildung is e Trauerspiel.

Heit e Gender, morje mol Schwul,
je no Mainststream in de Schul.

"Meer schaffe das, komme ehr all nur her,
Eigentum vun de Annere verdääle ich gär!

Ich geh net schaffe, deswä hann ich a nix.
Begrießungskuldur: mache mit, awwer fix."

Fer Flichtling se geh uff die Strooß,
is mol ganz schää, awwer bloß

bis ich merge: "Do muss ich jo dääle.
Jetzt du ich die AFD awwer wähle!"

Freidaachs statt Schul: demonschtriere:
Faulenzer mache heit schnell Karriere!

Vun der Juchend die Bildung is Scheiße,
Kita un Schul sollens widder rausreiße.

Heit gugge schun die klääne Kin,
stännisch nur ins Handy nin.

Mit Scheiß werd iwwerall net gegeizt,
die Rezeptore sinn stets iwwerreizt.

De ganze Daa im Netz spaziere,
wie soll mer sich do sozialisiere?

Frieher hott mer schun gewisst,
wie wichdisch umenanner kimmere is.

Sich umenanner kimmere wär schää,
misst ich dofoor net es Handy weglee.

Do fangt´s schunn o, das will nämlich
kenner,
im Handy se daddle is schenner!

Die Rezeptore, die brauchens, es is halt e
Sucht,
vor de Realität is mer gär uff de Flucht.

De bequäme Wääch se geh,
kommt unserer Nadur entgee.

De Mensch is net dofoor gemach,
redlich se sinn de ganze Daach.

Es Netz is voll vun Sex un Mord
un kenner saat: "Do gugg ich fort."

De Algorithmus bestimmt, was mer guggt,
das nemmt mer hie, un kenner juckt´s.

Kenner ännert was un jeder schellt:
De Juchend geheert noch immer die Welt.

Bildung

Kapitel äns

In de guude, alde Zeit,
war Bildung nur fer reiche Leit!

Der Kreis vun denne Leit war klein;
die Bildungssprooch, die war Latein.

Lehrer hott nur am Hof de Keenisch,
beim Landvolk zehlt die Bildung wenisch!

Schul gab´s fer die Kinner kä,
die hann misse schaffe geh!

Schaffe misse fer de Frohn,
dodefoor, do gab´s kä Lohn!

Was mer wääß un was mer glaabt,
das hott de Parre em gesaat!

Läst der vor die Bibel dann,
hott kä Sau ä Wort verstann!

Das war alles uff lateinisch,
net läse kenne war em peinlich.

Was das häßt fer de gemeine Mann,
duut der iwwersetze dann.

So hodde die ehr Macht geschitzt,
mer hodd´s halt besser net gewisst!

Un das bissje, was mer lernt,
hat die Kerch em ogetermt!

Dodruff hasche misse heere,
dogä konndsche dich net wehre!

So war das dausend Johr lang gut,
bevor sich ebbes ännre duut.

De Parre saat: "De Adel herrschd,
un näwedro, do steht die Kerch!

Die zwä, das sin die beide Säule,
die in de Welt es määnschd bedeute!

51

Meer duun herrsche un duun bääde,
das ging net, wenn meer schaffe dääde!

Die Arwed losse mer fer eich,
so komme ehr ins Himmelreich!

Un schaffe immer fleißich, gell,
wann net, komme ner in die Höll!"

Vorm Höllefeuer hott mer Angscht gehatt,
de Pabschd, der iwwerleet un saat:

"Ich bin es Schennschde uff de Welt!
Noch schääner wär, ich hätt mäh Geld!

Wer net sündicht, läbt zwar gut,
doch das de Kerch nix bringe duut!

Losse doch all werre sündich,
de Beistand werd ne net gekündicht!

De Ablass schützt dich vor de Höll,
dovor zahlschd du uff alle Fäll!

Un wenn die Sünde greeßer sin,
greif diefer in die Dasch in!

52

Wann´s Geld im Klingelbeidel klingt,
die Seel ausem Feechefeier springt!"

Jetzt gehn die Spende owwe naus,
die Kerch lääbt jetzt in Saus un Braus!

Do hott de Luther dann gesaat:
"Allewei fall ich vum Glaawe ab!

So e Stuss hott ich noch net geheert!"
Zack, warer exkommuniziert!

Er hott uff de Wartburch gesitzt,
un die Bibel iwwersetzt!

Latein war jetzt nimmie gefroot,
die Kerch is langsam komm in Not!

Kapitel zwä

De Gudeberch baut e Maschin,
do machsche Buchstawe eninn.

Un mit dem neieschde Syschdem,
druckschd du e neies Buch bequäm!

Die Mönche, wo im Kloschder gehaust,
hodde vun Hand die Biecher abgepaust!

Fer äns han die ä Johr gebraucht,
un jetzt, do stehn se uffem Schlauch!

"Mit uns is allewei nix los,
meer sin uff ämol arwetslos!

Immerhie, meer kenne läse,
wääsche was, ich geh jetzt scheese!

Mit meiner Bildung werr ich reich,
mit meim eichne Himmelreich!"

Jeder, wo korz iwwerleet,
wääß jetzt, was in de Bibel steht!

Leet sich´s aus, so wie er wollt,
mit mäh un wennischer Erfolg!

An alle Ecke ware dann
Konfessione nei entstann!

Wiedertäufer, Calviniste
Proteschdande un Hussiste.

Die nei Bildung hott die Welt verdreht,
jeder sei eichne Wäge geht!

Die Einheit vun de Kerch war hie,
flicke konnt das Kenner mie!

Das hott dann zum e Kriesch gefeehrt
un Deitschland war dann ganz verheert.

Die Menschhääd stets no Bildung strebt
un deswää net in Friede läbt.

Die Bildung duut de Fortschritt dämpfe,
weil die Mensche sich bekämpfe.

Mit beschdem Wisse un Gewisse
will mer Waffe baue misse.

Un is die Welt dann explodiert,
hääßts: "Mit Bildung wär das net bassiert!"

Kinnerwunsch

Kapitel äns

Mer froot sich, was macht das fer Sinn,
in de heidich Welt e Kind se krien?

Nur noch Kriech un iwwerall bloß Zores,
vor de Zukunft hat heit jeder Mores!

Fer ihr Kinner wollen alle Leit
e Zukunft voller Sicherheit.

Un wenn ich die fer mich net sieh,
wie kann dann erschd mei Kind die krie?

Mensche gebbt´s doch schun genung,
wääl de Iwwerbevölkerung.

Un aus ebendiesem Grund
kaaft mer sich statt Kind e Hund.

Wenn ich denne läärisch bin,
gebb ich ne ins Tierheim nin!

Mer will vum Läwe noch was han,
net um die Ohre sich die Nacht nur
schlaan.

Un außerdäm, mit so me Kind,
do schränkt mer sich jo doch nur in!

Fer so was is mer noch zu jung,
das Ganze kommt noch frieh genung!

Werrn die Kinner vun de Freinde greeßer,
geht´s em dodebei net besser!

Je länger mer duut warte nur,
desto lauter tickt die Uhr!

Mer kann sich noch mit Models messe:
mit Kind, do kannsche das vergesse!

Werre die mol ingelaad,
sinn se ziemlich frieh malad!

Mit Kind duuschd du jed Party crashe,
die plärre, bis se sich erbreche!

Mer muss dann häm und grämt sich dann,
weil mer jo was verbasse kann!

Die Annere, die han viel Spaß,
mei Kind, das hat die Hosse nass!

Doch die, die wo noch han kä Kinner,
sin die ledschde uff de Party immer.

Die mit Kinner werre mit de Zeit immer
mäh,
die ohne hogge uff de Party dann allä!

Die beschde Zeite sin vorbei,
mit Brut oder ohne, das is einerlei!

So denkt jeder vum anner dann,
so schä misst mers jo a mol han!

Kapitel Zwä

Wenn ich em Kind net gerecht werre kann,
dann fang ich's besser gar net an.

Hädde unser Eltre a gedenkt nur so,
dann wäre meer heit gar net do!

Mer muss sich äfach ebbes traue,
voll Hoffnung uff die Zukunft baue!

"Sinn fruchtbar un vermehre eich,
dann komme ner ins Himmelreich!"

Was de Glaawe wääß seit alle Zeite,
duut die Biologie noch unnerstreiche:

Es Läwe hat e Sinn nur dann,
wenn ich mich fortpflanze kann!

Heit kenne, un das is kä Schann,
a Schwule un Lesbe Kinner han.

Was in de Bibel steht so toll,
is heit nimmie es Monopol!

Familie gebbt´s abgesieh dovon,
heit in jeder Konstellation!

Un wie die aussieht is egal,
wenn ich mem Partner sammehall!

Will mer sich vermehre kenne,
derf mer sich net so wichdich nemme!

Die Liebe un die Energie,
hat voll un ganz das Kind se krie!

Wääß ich, ich krie das net hin,
dann losse ich das besser sin!

Sieh annere un denke bloß:
Die häddes besser sin geloss!

Wie wär´s, wo schun genung sin do,
wenn ich mich denne nemme o?

Es zeicht vun Menschlichkäät un viel
Verstand,
reiche ich dann so me Kind die Hand!

Ich brauch dofoor net weit se geh,
Bedarf genung gebb´s in de Näh!

Brauch net vun Afrika e Kind adopteere,
kann mich beim Jugendamt umheere!

Nadeerlich is das net so schää,
mit de Erzeuger in de Näh!

Wer duut sich das schun gääre an,
weil die a noch ihr Rechte han!

Wer sich uff so was losst dann in,
der hat de greeschd Respekt verdient!

Will ich mich mit denne schlaan,
odder doch was Eischnes han?

Die Entscheidung fallt em schwer,
mer denkt stännisch hie un her!

Wenn mer sich entschied hat dann,
derf mer nimmie zweifle dran.

Hott mer sich entschied fer´s Klää,
hat mer dodezu se steh!

Im Idealfall macht mer das
un hat mem Kind dann ganz viel Spaß!

Mer hat lang driwwer nogedenkt
un es Läwe dem geschenkt!

Ich bin dem Kind sei ganzie Welt,
un bin dem sei großer Held!

Was es lernt, das lernt´s vun meer,
mei Stolz kommt net vun ungefähr!

Mer duut se in die Welt begleite,
bis die ihr eichne Wäg beschreite.

Un wann mer Glick hat dann un wann,
dann duun se a mol "Dange!" saan!

Speedeschdens fallt ne das in,
wenn die selwer han dann Kinn!

Un die Kreenung isses dann,
wann du derfschd die Enkel han!

Dann sin dei Kinner voll Vertraue,
de Großeltre das zusetraue!

Un wenn deer dieses Schicksal lacht,
dann hosche net viel falsch gemacht!

Noom Kriech

Noom Kriech, do hott mer nix gehatt,
un die Industrie war platt.

Die Fraa, die hott´s allää gemacht,
de Mann war in Gefangenschaft.

Selbscht hott em net viel geheert,
die Flichtling han sich inquardiert!

Do hasche kenne net viel wähle,
mit denne hasche misse dääle.

Jeder hott Doode se bedauere,
un kä Zeit fer groß zu trauere!

Die Soldate, wo entloss wor sin,
sin in e anner Land enin.

Die ganz Zeit warn se Heldewese,
uff ämol waren se die Beese!

Die Johr, wo die geopfert han,
die ware jetzt e Zeit voll Schann.

Was alles mer geopfert hott,
donoo hott kenner mäh gefroot.

Im Bruch un owwe uff de Heh,
es Läwe, das muss weiter geh!

Kindhät un Juchend hott mer ne geklaut,
ab jetzt werd widder uffgebaut!

Nur no Vorre lohnt de Blick,
es bringt nix, guggsche nur serick!

Ich gugg serick in Dankbarkeit,
ball achzich Johr her is das heit!

Das is e ganzes Läwe lang,
un ich muss eich Danke saan!

Nur wääl eich han ich de Wert
vum Läwe ohne Kriech gespeert!

Ehr hann ne mitgemach, de Kriech,
so wie des heit im Fernseh siehschd.

Eier Kriesch, der is entstann,
wääl mer tilge wollt die Schann.

Die Schande, die hott eich vererbt,
de Oba, wo
vum Kriesch verderbt!

Un dem sei Oba dodevor,
hott a gekämpft im Kriech devor!

Un dem sei Oba hott das schon
im Kriesch gee de Napoleon!

Un vorredro die hoddes schwer,
die Palz war ämol menscheleer

noom e Kriesch vun dreißich Johr
un stets war Kiesch a dodevor.

Kriesch hott´s gebb do immer schun,
kä Generation is dem entkumm!

Nur ich bin dovun verschont geblieb,
wääls noch kenner hott so iwwertrieb

wie meim Oba sei Generation:
seitdäm sin meer vum Kriesch verschont.

"Nie widder!"
hott mer do gesaat
un hott das tatsächlich geglabt!

Noom Kriesch saat mer das wohl mit
Recht,
awwer mer kennt die Mensche schlecht!

De Kriesch, es Elend un die Not
geheern zum Mensch wie´s täglich Brot.

Die Leit, wo das schun duut verdrieße,
die kenne sich a gleich erschieße!

Ich hääß das Ganze net fer gut,
nur bringt´s nix, wammers leugne duut!

Es muss erlaubt sin fer e Kinn,
uff sei Eltre stolz se sin!

Un stolz derf mer doch trotzdäm sin,
wenn ich e Kriech mol net gewinn!

"Noom Kriech!" hann se uns ogetermt!
Hott mer jemols draus gelernt?

Meer sin die friedlich Generation,
faschd jeder hat de Depression!

Noom Kriesch, do musche funktioniere,
un haschd kä Zeit se simmeliere!

Kä Zeit, fer driwwer nosedenke,
de Hernkaschde deer se verrenke!

Ehr misse zugewwe, ehr Leit,
meer läwe heit in enner Zeit

wo viele nur ihr Heil drin sieh,
fer nochmol in de Kriesch se zieh!

Schenke

Wie mer all noch kläner ware,
konnde mers als net erwarte:

Es ganz Johr hosche dro gedenkt,
was es Krischdkinnsche wohl schenkt!

Heit kaaft mer, das is annerschd wor,
was mer sich wünscht es ganze Johr.

Iwwer was däät der sich frää?
Das wäß mer heit bei Kennem mäh.

Im Advent geht's los mem hernverrenke:
"Verdammt, ich muss jo a was schenke!"

Mit dem Satz is de Bodde bereit
fer de greeschd Krach in de
Weihnachtszeit!

Sin die Kinner nimmie klä,
saat mer: "Meer schenke uns nix mäh."

Doch soball das Sätzje fallt,
is klar, das Kenner sich dro halt.

Kenner außer em nadeerlich!
Un das mennt er werklich ehrlich!

Deswä macht er sich heimlich uff de Weg:
Net, dass sei Fraa was merge däät!

Wie jed Johr steht er uffem Schlauch:
ihm fallt nix in, was se noch braucht.

Er hott sich oft genung geschnerrt,
sei Fraa, die is schun abgehärt!

Die duut sich iwwer nix mäh eiere,
will nur in Friede Weihnacht feiere!

So weit, so gut, sie sin sich änisch:
sie schenke sich net nix, nur wenisch.

Bloß gelt das halt net fer sei Bruder
un fer de Fraa ehr Schwiegermudder.

Fer die zwä gebbt´s kä Kompromisse,
weil die was geschenkt krie misse!

Net, dass die was wolle! Bloß:
Die Fraa hat´s annerschder beschloss:

Dass jeder e Geschenk krie dät
un wehedem, die frään sich net!

Ganz egal, wie die sich wehre,
sie misse losse sich beschere!

Egal, wie oft se widderhole
dass se nix geschenkt krie wolle!

Vor zwä Johr ging das grad noch gut,
weil sei Fraa kreativ sin duut.

Sei Bruder saat: "Han will ich nix!"
Sei Fraa saat: "Gut, du krieschd e Nix!"

E Meerjungfrau hott sem gemach,
do driwwer hott er noch gelacht.

"Ich dank im Krischdkind fer die Nix,
saam awwer, neggschd Johr will ich nix!"

Un tatsächlich, ungeloo:
Sei Gattin halt sich vorsjohr droo!

Nur um sich ohne se scheniere
uff sei Mudder se konzentriere!

"Die kriet was!" hott se feierlich verkündet
un dofoor mit de Kinner sich verbündet!

Er war iwwerstimmt, halts Maul schä brav,
betracht, wie es Schicksal nemmt sei Laaf!

Grad war driwwe die Spielmaschin
verreckt,
das hodde se schnell abgecheckt.

Sei Bruder wohnt mit de Mamme näwedro
saat deutlich: "Denke net mol droo!

Es Gescherr vun Hand spiel ich,
es kommt nix Neies in die Kich!

Halln eich dro, ich saas eich glei:
schunschd is die Friedlichkäät vorbei!"

"Hall du dich raus, du Weihnachtsgrinch!
Was, wenn dei Mamme sich das winscht?"

Er hott zwar sei Neutralität verkündet
sich doch mem Deiwel dann verbündet!

Er hott die Maschin dann kaaf,
als klänes Rad im Schicksalslaaf.

De Heilischowend war schä gesellich
bis: "Die is fer dich, frää dich gefällichst!"

Wie doch so schnell bei Baam un Krippe
die Stimmung kann schlaachartich kippe!

Do war's vorbei mit de Besinnlichkäät,
die Mamme hott sich net sonderlich
gefräät!

Ob se sich net mol frääe kennt,
es war doch nur guud gemennt!

Die Diskussione werre barsch
un enne mit "Leck mich am Arsch!"

Vum Motze her un vum sich Mobbe
war vorsjohr äfach net se toppe!

So sicher wie es Pack sich widder
vertraat:
Es neggschde Weihnachtsfeschd, das
naht!

Ehr brauche gar net dro se denke,
dass die sich desjohr ebbes schenke!

Obwohl, jetzt is de Enkel do...
Sie denke nochmol driwwer no!

De Rommel

Kapitel äns

Ich stamme vum e Bauernhof
mit Kieh un Perd und ennem Schof.

De Schäfer war wie jedes Johr
mit seiner Herd vorstellich wor.

Fer Futter un de Umweltschutz
han die Schäf die Wies gebutzt.

Die Herd war weiter dann gezo,
ä Lämmche kam net hinneno!

Mojends hat´s allää geplärrt,
do hammers in de Stall gesperrt.

Wie ich de Schäfer informier,
saat der „Das Lämmche schenk ich dir!

Das kriet niemols sei Gewicht,
das bleibt e kräpelicher Wicht!"

Ich verzehl eich nur vum Schof,
weil sich´s reimt uff Bauernhof.

Die eigentlich Geschicht kommt speeder
un hannelt vum e kläne Keeder!

Zum Hof geheert a stets e Hund,
das hat net nur änner Grund:

Er hat se wache un se melle
un hat stets se sin zur Stelle!

Er muss mojends alles wecke,
hat beese Buwe abseschrecke!

Un näwebei, wenn´s laaft dann rund,
isser de Familiehund.

Er fräät sich de liewe lange Daach,
mit jedem vun de ganz Bagaasch!

So war's bei uns seit alters her:
E Hund muss schlau sin, groß un schwer!

E klääner Keeder duut nix dauche,
so enner kannsche net gebrauche!

Wer mol e Hund hott, gebbt mer Recht:
Ohne Keeder geht's em schlecht!

Der is immer mit em froh
un niemols liet e Hund dich o!

Die Eltre hodde läwenslang geschafft
mit Grumbeere un Milchwirtschaft.

Meer hodde all unser Beruf:
De Haupterwerb, der gebbt mer uff.

Die Kieh un a die Melkolaach,
die han die Eltre dann verkaaf.

Was blieb is, war die alte Mär:
De Hund muss mache ebbes her!

So war das a die ganze Johr,
bis gestorb is unser Labrador.

Kapitel zwä

Mei Fraa saat: „Du, im Nachbarort,
han ich geheert, do gebbt´s e Wurf!

Solle mer mol gugge gee?
Vielleicht sin jo die Hundcher schää!"

„Wie, „Hundcher", was sin dann das fer
welle?
wie han ich meer das vorsestelle?

Sin das große oder kläne,
muss mer sich mit denne schäme?"

Sie mennt, die wärn net arisch groß,
un dass das Mischling wäre bloß.

Mit Mischling war ich inverstann,
nur Kläne wollt ich kennie han!

Wenn Fraue ebbes wolle han vun deer,
dann fallt denne das net schwer!

Die gewwe sich die greeschde Mieh,
wenn se nur ehr Wille krie!

Meer sin dann halt am neggschde Daa,
nur fer se gugge hiegefahr.

Ich war mer vorher mit meer änich:
Geht´s ans Geld, han ich so wenisch!

Ich saa:"Denk dro, meer fahre ball!"
Do hott mich ebbes iwwerfall!

Winzisch klä mit braunem Fell,
isses uff mich zukumm schnell!

Es Schwänzje hodder hochgestellt,
is bei mich kumm un hott gebellt!

Ich froo ne: "Ei, wer bischd dann du?"
Der kläfft un kläfft un gebbt kä Ruh!

Wie ich mich dann hiegekniet,
hat der sich widder ingekriet.

Ich han mei Arme ausgestreckt,
do hodder meer die Hand geleckt.

Dann hott ich ne hochgenumm
un do hott´s mich iwwerkumm!

Er leckt mer iwwers ganz Gesicht,
der manipulative Wicht!

Vor Frääd bachelt er uff mich druff
un ich ruf: "Ich gewwe uff!

Scheinbar bischd du gar kä Feiner,
awwer dodevor jetzt meiner!"

Wie ich dehäm das kundgemacht,
han die all mich ausgelacht!

Die lache sich es Zwerchfell wund:
„Sowas is doch gar kä Hund!"

Ich denke „Warte ehr nur ab!
Der Keeder hat mich schun im Sack!"

Meer hodde dann lang iwwerleet,
wie so e Hundche hääße dät!

Harras, Rex hodde mer schon,
wie wär´s dann mit Napoleon?

Der war a net besonnerschd groß
un trotzdäm hodder ebbes los!

Die Tochter saat: "Du bischd jo gut,
der Hund, der hat jo gar kä Hut!"

Was Korzes sollt´s a sin zum rufe,
wenn er abhaut un mer muss ne suche!

Meer hodde Name gewälzt in Masse
un kenner wollt zum Hundche basse!

Ich denk, der Klä is schlau wie e Luchs,
un sieht aus wie e Wüstenfuchs.

Uff ämol is mer ingefall:
Do gab´s doch mol e Feldmarschall!

Jetzt war´s klar, dass dieses kläne Wese
fortan jetzt soll Rommel hääße!

Der sieht aus wie e Wieschdefuchs,
manchmol isser a e wieschder Fuchs!

De Maibaam

Ich wääß noch, wie ich jung war, e kläner
Stöpsel halt:

War immer gär beim Oba, der war schun
arisch alt.

Er hott in seiner Stubb gehoggt un Radio
geheert;

De ganze Daa die Peif geblotzt un kenner
hott´s gesteert.

"Oba, verzehl meer e Geschicht, wie´s
frieher emol wor:

Ich män, wie du noch jung warschd un
hottsch noch alle Hoor!"

"Heer, was ich deer verzehl, mei Knecht,
ich saa der mol wie´s war,

wie mer´s war es erschd mol schlecht, un
zwar vun de Zigarr!

De Maibaam hodde se gestellt, am
dreißichte April

Meer hodde uns do vorgestellt, was es
Lore will!

Es Lore war e Schäänhääd, es
schennscht vunn alle Määd,

meer Buwe hann uns iwwerleet, was
Indruck mache dääd!

"In de Maibaamspitz das blaue Band, saa
ich so aus Stuss,

wenn ich deer das runner hol, gebb´sche
mer e Kuss?"

"Wenn du das Band erunnerholscht, do
owwe ausem Kranz,

verspreche ich deer ersch emol heit de
erschde Danz!"

Meer hodde all schun Wein genoss un
Duwwak aus de Peif:

Dann hammer uns am Baam getroff, die
Zeit, die war jetzt reif.

Awwer net, mit dickem Arm, de Baam
enuff se klettere,

sonnern denne Druck im Darm, ins Abort
se schmettere!

Im volle Kopp hott kenner sich, vun uns e
Blöße gebb,

meer hodde all, jeder fer sich, e Ziggar
ogesteckt!

Ich war de Erschd, wo hochgang is, de
Reschd is hinneno,

Wein un Duwwak duun ihr Pflicht, die
Hosse gewwe no!

Un wie ich faschd owwe war, es Band war
nimmie weit,

do werd mer endgüldich gewahr: Allewei
werd´s Zeit!

"Sofort erunner allegar, ich kann´s jetzt
nimmie halle,

ehr sin in de greeschd Gefahr, awei, do
loss ich´s knalle!"

Die unnedrunner hann gelallt: "Du hoschd
doch wohl e Knall!"

Hodde all die Fauschd geballt, am Baam
sich feschdgekrallt.

Es hott kä Sinn mäh, im Kopp war ich
schun grün,

un hott a gar kä Zeit fer, die Hos runner se
ziehn!

Ich hann mer in die Hos geschiss, de
Druck hott nogeloss

mei Hinnermann, der kämpft verbiss, zieht
runner mer die Hos!

Grad wie die neggschd Ladung kommt,
egal, wie ich mich schäm:

vun unnedrunner heer ich's plärre, awei
kommt brauner Rään!

Indruck mache war de Plan, das hott a
funktioniert;

trotzdäm hott mers Lorsche dann, de
erschde Danz verwehrt!

Mei Vadder hott das dann geheert,
dehääm, do war ich reif,

seitdäm blotz ich kä Zigarr mäh, ich paffe
nur noch Peif."

Die Wutz

Wollt mer frieher werre satt,
hott mer äwe Vieh gehatt.

E Glanrind hott gestann im Stall;
fer die Milch hott's hergehall.

E Perd, das hosche misse han,
fer osespanne dann un wann

de Mischdwaa un fer Holz se hole
oder fer im Herbschd die Kohle.

Die Gääse fer de Gääsekääs
un de Bock, wo decke däät.

Äner war dofoor genung,
der hott alää genung gestunk!

Die Hingel hodde ehr Verschlaach
fers Eier leje jede Daach.

Net Jeder konnt sich's leischde dann
im Wutzestall zwä Sei se han.

Ich erinner mich noch schä,
wie ich noch e Kind gewä:

Die hodde kriet die Essensreschde,
um se fer de Herbschd se mäschde.

Im Kessel hott mer alle Woch
Grumbeer fer die Wutz gekocht.

Die hott die Oma selbschd gehol,
das war däre ehr Monopol.

Die Oma hott stets großie Not
de Grumbeerstambes dann mit Schrot

un warmem Wasser se vermische,
fer das de Wutze uffsetische.

Voller Stolz hott se gemänt:
„Unser Wutze sin verwehnt!"

In de kalde Jahreszeit
war's fer die Wutze dann so weit

Die ganz Bagaasch hott sich gefräät,
dass ball de Metzjer komme däät!

Es Schlachte, das war e Event,
das hott de Müller-Karl gekennt!

De Babbe is dann frieh am Daa,
die Muhl beim Karl hole gefahr.

Hott misse an die Eelschitt denke
fer die Wutz dro uffsehenke.

Die Oma, die hott stets malocht,
dass im Kessel Wasser kocht.

Feinsäuberlich, das wollt die han,
hammer misse Späänscher schlaan.

Meechlichst dinn un ohne Rinde,
fer es Feier osezinde.

Dann hott se Kohle druffgeballert:
Es Wasser hott dann ball gequallert.

Im Kessel war es Wasser hääß
Die Wutze hodde noch nix gess.

E Henkersmahlzeit wär zwar toll,
doch die macht die Därm so voll.

Die werrn mit leerem Bauch geschlacht,
weil's net soviel Schlachtabfall macht.

Schließlich hammer all gewart,
bis de Karl de Hof ninfahrt.

Meer hodde, meer konndes kaum erwarte,
geholf, de Hänger auszulade.

Große Dose mit Gewürze,
sei Gummistiwwel un die Schürze.

De schwere Flääschwolf un die Maschin
wo Worschd drickt in die Därm enin.

Die Messer un die Beilcher noch dezu,
de Karl sortiert der ganze Kram in Ruh.

Un duut zu uns Kinner ehrm Entsetze
lang un brääd die Messer wetze.

Meer konndes nämlich net erwarde,
dass die Wutz laaft Richtung Garde!

Die Mamme hott die Zwiwwele gescheelt
un mit rode Aue sich gequeelt.

Die erschd Wutz krieht zu ihrm Verdruss,
e Strickche an de Hinnerfuß!

De Karl hott se, egal, wie die sich wehrt,
näwer die Mischdkaut an die Muhl gefehrt.

Die Wutz hott vorher schun gewisst,
was de Müller-Karl fer äner is!

Dementsprechend motiviert
is se an die Muhl marschiert!

Sie hott sich dann noch mit Bedacht
in Ruh die Szenerie betracht.

Do Karl, der hott das gut verstann,
dass die sich entspanne kann.

Hott lang dann uff se ingeredd,
mer hot gesieh, dass se sich fräät!

Un dann mem Bolzeschussgerät,
gemacht, dass se jetzt nimmie läbt.

Hat während die hott gezabbelt noch,
die Halsschlachader uffgestoch.

Es Blut hott mer mem Äämer uffgefang,
fers Blutworschdmache speeder dann.

De Vadder hott gefehlt bei däre Szenerie,
weil der kä Blut hat kenne sieh!

Die Wutz hott mer, soball se nimmie zuckt,
in die Muhl eningewuppt.

Mit hääßem Wasser iwwergoss dann wor,
fer abseschawe die Borschde un die Hoor.

Un wie se war ganz naggisch dann,
ises an die Eelschitt gang:

E Eiseschien mit Hooge an de Ende
fer die Wutz dro uffsehenke!

Wie die owwe hott gebaumelt dann,
konnt de Karl die in zwä Hälfte schlaan.

Vorher sin die allerledschde Hoor
mem Brenner abgeflammt dann wor.

Fer uns war´s spannend zusegugge,
wie lang im Flääsch die Muschgel zugge!

Die Wutz, die war schnell ausgenumm,
de Flääschbeschauer is dann kumm.

Der hott stets mit ernschder Miene,
im Flääsch geguggt no de Trichine.

Un hott, wenn alles dann in Ordnung war,
de Stempel uff die Wutzehälft geschlaa.

Noom Zerlee, das war seit jeher üblich,
duut sich de Karl mit warmem Export
gütlich.

Während es Fläsch noch hängt un kiehlt
hodder sei Stories dann verzehlt.

Meer han geglaabt das ohne Hohn,
de Karl war e Reschbektsperson!

Wie die Wutz war ausgebäänt,
hott de Müller-Karl gemäänt:

„Hol Salz, Peffer un Majoran,
meer fange mit de Blutworschd an!"

Als kläne Kinn han meer gewisst,
dass Schokoladeworschd das is!

Dann Lewwerworschd und Schwardemaa,
in dinne Därm un digge aa.

Die dinne Därm warn vun de Wutz,
die hott mer vorher blank gebutzt.

Die sin dann mit de Kunschddärm, wo aus
Plastik ware,
ins hääße Wasser kumm zum Gare.

Im Kessel han die dann gekocht,
was hott die Worschdsupp gut geroch!

Vun iwwerall kam die Bagaasch dann an,
jeder wollt doch vun de Wutz was han!

Allegar han sich gefräät,
dass es Wellflääsch gewwe däät!

Dozu noch Nierscher un die Zung,
es war fer allegar genung.

Frisches Flääsch mit Sauerkraut
werd sich in de Kopp gehaut!

Mit Zwiwwele, Brot un viel Gewerz;
Das gebbt die allerbeschde Ferz!

Die Lewwer hott´s dodebei net gebb,
die wannert in die Lewwerknebb!

De Oba kriet paniert es Hern,
als Änzischder esst der das gern!

Als Kreenung vun dem ganze Daach,
han Hundefutter meer gemach:

Meer han de Deller vollgeschebbt,
no unserm eigene Rezept!

Bäckcher, Niercher, Flääsch mit Speck,
mit Zwiwwel, Brieh, Gewerz, o leck!

Vum Bier han se uns tringe losse,
an dem Daa ware meer die Große!

Es Wasser laaft bei dem Gedange,
heit noch in meim Maul sesamme!

Noom Esse is es weider gang,
es Flääsch war jo jetzt abgehang.

Schnitzel, Kotlett un die Lende:
De Karl schneid Sticker ohne Ende!

Vorher hott mer iwwerleet,
wer wieviel Päckcher kriee däät.

Die Mamme hott sich rumgequeelt
un hott dann alles abgezehlt.

Uff jedie Tudd hott se mit schäner Schrift
geschribb, was speeder ninkumm is.

Wie alles dann verpackt wor war,
war noch net vorbei de Arwedsdaa!

Weil alles hott gebabbt vum Fett,
war's Zeit, dass mer jetzt butze däät!

Meer warn de ganz Daach live debei,
die Glieder, die warn schwer wie Blei.

Meer han gepennt un uns gefräät,
dass es ball neie Ferkel gewwe däät!

Hie un widder fang ich heit o se lalle:
Mer kennt jo nochmol Wutze halle!

Die Junge heit, die wisse net,
was in de Flääschfabrik abgeht!

An de Thek werd uff de Preis geguggt:
Es Wutzeflääsch is äfach e Produkt.

Dass die frieher bei uns Name hodde!
Die denke heit, meer warn Idiode!

Meer han die schun als Ferkel kaaf
un ne alles schää gemach.

Immer frisches Stroh gefillt
un hodde noch mit ne gespielt!

Wie die greeßer wor sin doch,
han se dann no Wutz geroch.

Han gegrunzt un nie gemault,
wie mer se han am Ohr gekrault!

Han gefress un han geschloof
un sin im Stall erumgeloff.

Sie hodde genung Platz gehatt,
jede Owend warn se platt.

De Karl hott nie geschoss denäwe,
die han gehatt es schennschde Läwe.

Meer han stets jedie Wutz geehrt,
han gewisst, die is das wert!

Reschbekt vor jedem Läwewese
is uns geleet wor in die Scheese.

Un meer hodde stets gewisst,
wo unser Esse herkumm is!

Der Schlachtdaa war stets e Erfolg,
die Wutz im Himmel, die Truhe voll!

100

Inhaltsverzeichnis